U0131287

K INK INK INK INK INK INK IN
INK INK INK INK INK INK INK
K INK INK INK INK INK INK IN
INK INK INK INK INK INK INK
K INK INK INK INK INK INK IN
INK INK INK INK INK INK INK
K INK INK INK INK INK INK IN
INK INK INK INK INK INK INK
K INK INK INK INK INK INK IN
INK INK INK INK INK INK INK
K INK INK INK INK INK INK IN
INK INK INK INK INK INK INK
K INK INK INK INK INK INK IN
INK INK INK INK INK INK INK
K INK INK INK INK INK INK IN
INK INK INK INK INK INK INK
K INK INK INK INK INK INK IN
INK INK INK INK INK INK INK
K INK INK INK INK INK INK IN
INK INK INK INK INK INK INK
K INK INK INK INK INK INK IN
INK INK INK INK INK INK INK
K INK INK INK INK INK INK IN
INK INK INK INK INK INK INK
K INK INK INK INK INK INK IN
INK INK INK INK INK INK INK
K INK INK INK INK INK INK IN

INK

INK

文學叢書

081

少年軍人的戀情

履彊◎著

【目次】

第二輯　月光下的酋長

第三輯 思念

第四輯 野外諸事

第五輯　誓約

第六輯　關於春日種種

【序】
寶庫的鑰匙

柏楊・張香華

聽到履彊要出版詩集的消息，有一種迫不及待想閱讀的心情。原因有二：一，履彊剛進入中年，是一位成熟的戰略家、政論家，卻念念不忘詩人的身分，特別吸引我們。二，追溯到一九八七年（香華擔任《文星雜誌》復刊的詩頁主編），初讀到履彊〈思念五帖——爲懷鄉的袍澤而作〉的詩，就有驚豔的感覺。履彊這幾首詩立刻上了次一期（一一四期）《文星雜誌》詩頁頭題。他在詩中說：

……

有夢
驚醒之際
額上，一抹血痕

（摘自〈蛇〉）

又如：

薄如蟬翼
我青瘦的胸膛
一片片被剖解
……

（摘自〈刀〉）

以及：

潮濕的，燙熱的吹來
我衣衫膨脹
伸開枯澀的手掌
想要抓攫
風裡的名字
……

（摘自《風》）

他的詩，意象鮮明活潑，寓意深刻，予人豐富的想像空間。那是我們第一次知道履彊這位詩人。

後來，我們見了面，發現履彊原是個出身行伍的農家子弟，因爲愛好文學創作，孜孜矻矻，不斷從事筆耕，是一個非常有潛力的青年作家。

先後榮獲多項不同文體獎項（散文、小說）的履彊，曾經以〈楊桃樹〉一篇小說，在中外文壇上得到很多人的肯定。這篇小說，不但被譯爲多種外文，且被選爲中學課本的課文。其實，他文筆的領域很廣闊。除了散文、小說之外，發揮軍事專長撰寫的軍事學術論述，更對時政與國策影響深遠。跨越不同領域，發揮不同色譜的光芒，履彊實在是一個思維飽滿，才情卓越又多元面向的才子。軍事策略，兼文學才情，使履彊的性格糅合縱橫捭闔又風流儒雅的雙重氣質。和他相處，常常讓我們浸潤在他其言不厲，而即之卻溫的氣氛中。

履彊由窮鄉僻壤的農家子弟，而入伍當兵，繼而又從武轉文，擔任文化總會祕書長，爲國家文化建設做了許多奠基工作。多年來，我們夫婦和履彊相處，不但是忘年，甚至忘機。我們深切感受到他的待人以誠，處事以勤，助人以殷的一貫處世態度，原來，都因爲他來自一處靈魂的原鄉，那就是「詩」。我們相信「詩」是盪滌人們心靈的泉水，大概這正是進入中年的履彊，始終不願忘記自己是一個詩人的原因。

現在，履彊的第一本詩集終於要出版，這不但是他「得魚不忘筌」胸懷的表現，也是他用「原音」發聲的成品。這本詩集正如履彊自己說的，是一本「詩的回憶錄」，體裁尤獨具一格，在每一首詩之後，履彊都加了一個小記，使讀詩的人，更容易進入這個特殊的題材，捕捉到履彊青澀少年的夢影。在一首〈涉溪〉的詩中，履彊的小記寫著：「思念母親，人類共同的經驗與心事。」他的詩，有這樣的句子：

……
溪水清淺

親娘的身影
從來不曾流失

在〈將軍們〉一詩中，他說：

軍旅倥傯
子彈或者星光
嵌入肩胛
偉大軍人的夢上
有著　將軍的姿影
……

履彊把他個人特殊的人生經驗，不但獻給了他軍中的朋友，也用文學的手法，把它化作你我共同的記憶和經驗。在這個消費文化主導的時代，思想趣味化、文字圖像化、新聞娛樂化、生活搞笑化，儼然已變成時尚，人生價值浮淺而荒謬，文學中「詩」這種文體，實在是使心靈沉澱下來的一劑良藥。而《少年軍人的戀情》這本詩集，更是人生珍貴記憶和經驗寶庫的鑰匙。

二〇〇五年二月

【序】

詩筆未禿，詩興猶濃

李瑞騰

我初識履彊於中壢仁美高地的士校營區，應該是一九八〇年吧。我是少尉預官，專教文史；他應該是上尉，先是教官，後爲學生連連長。那時他已得過許多文學獎項，出版過一本散文集《紛飛》，二本短篇小說集《飛翔之鷹》、《鄉垣近事》，主要是鄉里記憶與軍旅經驗的交互織染，有一種向上飛翔之姿。此外，他也寫詩，是當時甫停刊不久的《綠地》同仁。

在士校的那一段日子沒能和履彊切磋文藝，我常感遺憾；比較有機會往來，反而是我退伍後在蓬萊出版社編書的時候，他的《鑼鼓歌》（一九八一）即是在蓬萊出版的。他稍後在陳信元經營的蘭亭書店出版的《楊桃樹》（一九八三），我曾仔細拜讀，針對〈楊桃樹〉，也曾寫過評析性文章。

在往後的二十年間，台灣的一切都有很大的變化，我們各走在自己的道路上，彼此沒有很大的交集，但相互的關懷還是存在，偶爾會在一些公開的文藝場合相遇，偶爾也會接到他的來電。總覺得就這樣了，人生因緣聚會，緣之深淺起滅，最終皆成記憶，或得或失，到頭來也只是個感覺而已。以故，當我的朋友履彊竟成爲台聯主席，從政治理念與人生價值的形成上，我尊重他的立場與選擇；在情感上，我祝福他一切順利。

沒想到履彊竟會在這樣的時機出版詩集《少年軍人的戀情》，以他近些年在政壇行走所展現之深於謀略，關於此事，他必有多方面的考量，我不願意多作臆測，但從他爲每一首詩作記的情況看來，可見他極珍惜這些舊作，對於每一首詩所牽動的人事物等，亦心心繫念。

履彊要我在集前寫篇短序，想來純是惜情。他知我是愛詩之人，且和他一樣曾狂熱作詩；進一步想，他小我一歲，我們都出生在貧困的台灣農鄉（我的草屯，猶之他的褒忠），家兄在高職尚未畢業時，即因家貧而去報考陸官專修班。因之，履彊出之以詩的鄉垣諸事和軍旅之情等，我都有深刻的感受；他發表詩作的《詩隊伍》、《綠地》和《陽光小集》等詩園地，我都很熟悉，特別是他提到的《詩隊伍》主編羊令野先生，也是我所敬重且常懷念的長輩。

可以這麼說，《少年軍人的戀情》詩集中的許多地方，皆有觸動我心的字句，且不說少年江進的故事以及野外光景等，皆情動於中而形於言者，甚至於充滿戰鬥性的〈誓約〉長詩，時空情境已然迥異，要重刊，得有些勇氣，履彊說：「無悔走過那一段生命的旅程。」當年是「虔誠的」，今之視昔，也應是「虔誠的」，履彊面對過去的態度是對的，這一點也讓我動心。

至於另一首三、四百行的長詩〈關於春日種種〉旨在「紀念雙親」，履彊在「小記」中說這是他短篇小說〈楊桃樹〉的「小說詩」。就文類來說，實是一九八〇年代流行而今已幾近絕跡的「敘事詩」，充滿城鄉的衝突與調適，恰是台灣社會變遷的一個側面，值得審視，並且進一步去探索。

輯一、輯二有關少年江進的故事，寫在一九九〇年代，寫的時候與小說文本相連結，用語精練，含吐不露，當獨立文本來看，則顯得相當節制。但不管如何，這證明履彊詩筆未禿，詩興猶濃。整理舊時詩稿，等於再經驗當年的寫詩歷程；而爲詩作記，更是一種追體驗。往後經年，當政治的風浪過後，有感人道蒼茫，履彊或將重拾詩筆，往生命更深沉的地方挖去。

【序】

意志與理念

林文義

曾經，意志如鍛紅的鋼鐵
血沸騰於怒睜噙淚的青春之眸
那年的石門水庫，活魚三吃和酒的壯懷
你的綠色軍服，我的文學浪漫……

同樣兩個幼子的年輕父親
妻子美麗，溫婉的笑語有若三月微冷的櫻
酒焚燃男子的臉頰，夜也就不覺苦短了
明早的征途帶你前去，我則沉浸在北返的醺然。

以槍衛民，孤寂之時文學是別妻以後的外遇

我傾往你溫柔之外的意志堅定如磐石
懦弱、羞怯的我卻僅以文學慰安
想你一個農鄉子弟，鐵與鋼迴照我卑微的閃躲。

最後的信息：海角與天涯接壤著你的寂寞
或許來年會期待一位將軍的到臨
反對運動的我，多少影響到你肩頭少一顆星
那是錯亂的年代，被耗損及誤解的青春……

十年過去，重逢卻在晚間新聞的爍亮螢幕
僅能在客廳五尺之外，暗自向電視裡的你問安
說：好久不見。西裝筆挺的你仍是夸夸辯論
關於：國家定位、族群爭議……

或許，在我遠離，在你投入

人生的抉擇、逆轉亦拉開了年少清純的等距
理念何是何非？只有默然不語的上帝知道
還是，曾經堅執的文學才是你昔時僅存的意志？

像一尾魚相信水，一隻鳥眷念天空
最初的許諾被歲月果眞淘洗去青春的執著
被拔除美麗的羽翼，黑與白朦朧不明
這現實果然太殘忍，你我都不是最初的自己。

十年以後，星霜之顏相對仍不厭倦
或許，笑談年少的文學相約，酒不絕
我們再去一次石門水庫，同樣的活魚三吃
再重見當年你昂揚之意志，這盃酒一定要喝。

【自序】

少年軍人的詩與後中年的札記

履彊

一九六九年，我進入士校，展開「少年軍人江進」的生涯，士校畢業只能當士官，但我立志當軍官、將軍。

在進入士校之前，我只是一個體重不及五十公斤，身高不到一六○公分的瘦小農村少年，當一名作家則是我的第一志願。在雲林褒忠農村生活中，因爲閱讀材料的缺乏，竟使我成爲全鄉唯一租書店的常客，並努力把每一本書都「搶」著讀完。在小學、初中的歲月中，只要是有中文的紙頁，包括地上的舊報紙、過期雜誌，我都如飢渴般地仔細翻讀，我的國文課作文總是全班全校最高分，因爲每篇作文，我都會夾注一些成語、名人的傳世語錄，甚至是詩句，最常用的應是莎士比亞、徐志摩、朱自清、孫文、邱吉爾、托爾斯泰、約翰克利斯朵夫、屠格涅夫、蔣中正，以及那數不清的偉人、詩人、小說家，有時自己根本搞不清那些眞理、語錄的眞意，有時也不免張冠李戴，但老師總不吝惜在我的作文簿上畫好幾個圈圈，還不時張貼在布告欄，並幫我投稿到《國語日報》、《小作家》等刊物上，儼然是鄉下農莊中的小小草地狀元。更不可思議的是，才小學生的我，有時竟會在土地公廟、萬應公廟充當解釋籤詩的「桌頭」仙仔。

文學使我早慧，也使我憂愁；憂愁不是我的天性，但我的確因爲不能完全弄懂徐志摩、托爾斯泰以及那時剛興起的現代詩，而愁了半天。一方面周遭欠缺眞正懂現代文學的老師、朋友，一方面我又不能讓我的家人、同學、老師看出我也有弄不懂的文章，雖然我熟背了成語、《唐詩》、《三字經》，甚至把字典、辭典翻爛了，是公認的「活字典」，但在掌聲、讚美之餘，我的確有比「少年維特」還多的煩惱。

現代詩的閱讀障礙，使剛考上初中的我立志當詩人，於是一遍又一遍手抄著《翡冷翠之歌》、《紀伯倫之歌》、《徐志摩詩抄》；到了士校，野外操練又忙又繁，竟還不忘〈石室之死亡〉、〈深淵〉，一字一行地細嚼慢嚥。十七歲的士校學生，在報章、雜誌上投稿的散文、隨筆、校園軼事以及難以歸類的文章，發表的比例最少有一半，但現代詩則是一首也沒有。雖然我努力寫、也努力投稿，看過的人都說我是「天才詩人」，我也不自量力地一直向當時在詩壇頗具高度的《詩隊伍》猛投稿，大約一週總有二、三首，屢投屢退，擔任主編的詩人羊令公大概看我屢退不屈勇氣可嘉，終於刊出短詩〈絕唱〉，給我天大的鼓勵，並證明自己也可以領到「詩人」身分證了。

一九七三年，我與南部的詩友許振江、傅文正、簡安良、莊錫釗、張雪映、陌上塵、謝碧修、紀海珍等人在高雄市宣布創辦《綠地》詩刊。當時，軍中詩人朱學恕早已將《大海洋》詩刊辦得有聲有色，雖然我不否認《綠地》確有與《大海洋》較勁的小小企圖，但絕非海軍與陸軍的「比武」。於是我幾乎瘋狂地寫著詩，雖然軍校的功課繁重得不得了，但詩的確使我獲得許許多多的心靈慰藉與文學養分，每每我們這一群同仁聚在一起，藉著相互批判彼此的詩作來相互砥礪，也批判前輩詩人的作品，我們誓言使《綠地》成爲台灣的詩之花園。

後來，我畢業離開鳳山，到野戰部隊服務，《綠地》的同仁也宣布解散、停刊，我的詩創作竟因而中斷許久，直到《陽光小集》創刊，我的「詩生活」才復活。但那時我已得到幾次文學獎，寫小說得獎成名的「甜頭」自比詩的誘惑多許多，於是我的「詩人」身分幾乎半途而廢，當昔日的詩壇同仁紛紛出版詩集，我則以小說、散文相媲，詩集則是一直壓箱。

一九九〇年，我離開軍旅，專業創作未久，即被延攬入民間智庫研究戰略，但總覺應該讓自己的軍旅生活留下些紀錄，構想分成兩大部，前段是士校、士官生活，後半是軍官、部隊生活，原本是想以長篇小說呈現，但由於研究工作使時間被嚴重切割，勢必不能一氣呵成，於是改成短篇系列在《自由時報》副刊連載。寫作伊始，也是回憶敘事的開始，以中年的筆來寫少年軍人，不能只是老兵的滄桑懷舊筆觸，而不能忘懷於詩，遺憾於自己未能成就「詩人」身分的我，便決心顛覆寫作的方式，以詩及散文的筆法，營造少年軍人故事的小說，每篇作品進入故事之前，先寫一首與小說本事相連結的小詩，刊出後，雖然沒有佳評如潮，卻也沒有「畫蛇添足」之譏，這一系列的小說也在詩人初安民催促下於一九九九年底出版。爲了呈現自己詩生活的一貫性，特別情商《聯合文學》的同意，將詩的部分擷出，作爲這一系列詩作的第一、二輯。

這本詩集的催生者是初安民先生，這山東漢子、韓國僑生、台灣女婿綜合而成的「詩人初安民」，是台灣文壇的重要旗手，也因他對我的文學創作過度寬容，才有這本詩集的出版。

而以「少年軍人的戀情」爲名，雖然沒有纏綿悱惻的愛情故事，但卻是過去的少年、青年詩人歲月思戀，不悔少作，爲忠實呈現過去的自己而已。如果說這本詩集是「詩的回憶錄」未嘗不可，但我必須說這不是全部，只是青春的一部分而已！

爲了感謝少年軍旅歲月中給我文學的、歷史的養分，我將這本詩集與先前的《江山有待》小說集的版稅捐出，折抵購書之用，獻給軍中的朋友，希望軍旅之中的年輕夥伴們，也能在青春的歲月中，汲取軍中生活的文學養分，創作出屬於台灣這塊土地，我們的國家、國軍的文藝作品。

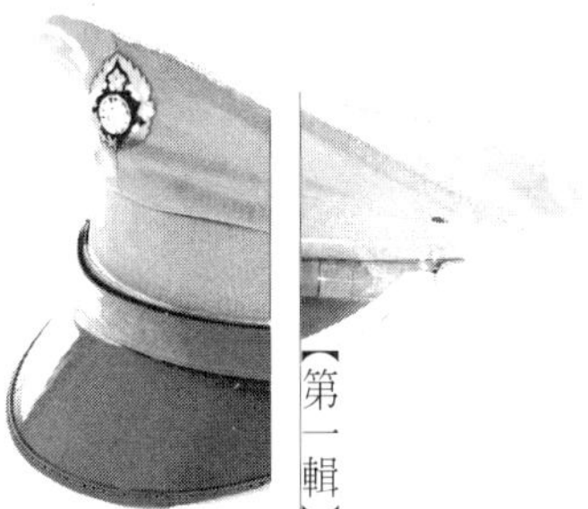

【第一輯】少年軍人的戀情

牧童江進

彼時
秧苗正綠
牛在春天發情
田水溢滿圳溝
少年的夢以及憂鬱
在綰牛的繩索上打結
夕陽映著父親的臉
甘薯簽的晚餐沒有魚肉
夢壓向夜晚的眠床……

小記：

風頭水尾的雲林縣濱海農村，牧童江進其實是幸福的少年，雖然他放牛遭牛欺，回家還擔心挨歐多桑的罵。

春天的田畝、圳溝裡的鮮蝦，那調皮的牛以及歐多桑的身影，已成為眠床上似清晰又模糊的夢景。

少年夢土

夢土上
甜美的甘蔗
釋放著雪白的花束
那是成熟的顏色
是青澀年少中
瘦弱的身軀和心靈的慰藉

小記：

逃家的少年，在甘蔗田裡與田鼠共食甜美多汁卻堅硬的白甘蔗，沒人知道他逃家，於是伊失望地返家，並暗下決心離鄉打天下。

這是少年江進不知天高地厚的夢想。

憂鬱之燈

雞鳴
天白
迷濛滲透
每個散赤的日子
在憂鬱的燈影中
人的面目模糊
生活則需要摸索
沉默的怨嘆
如熠爍欲滅不滅的燈芯
冷冷地溫熱著憂鬱的心情

小記：

彼時，初中生江進，總是早出晚歸，在散赤的農村裡，他屢被指為「吃閒米的」，令他深覺受辱。父母的口角，嫂嫂們的指桑罵槐，貧窮使家人心事重重，令江進滿懷尊嚴受創的憤怒與憂鬱。

一九六〇年代的江進和他的家鄉。

長干行

貧窮的歲月
薄薄身軀
穿過冬日晨霧
在顛簸的路上踽踽
載負著生活的悲與喜
哭與笑
地瓜與菜脯
摻著少年的心事與志氣
且歌且行

小記：

由褒忠鄉騎著老是掉下輪鏈的腳踏車，從清晨雞鳴起到朝陽日照的上午，四十多公里的路程，總是令初中生江進一身黑污，狼狽入校，並要接受遲到的處罰，有時罰站，有時要幫從軍旅轉業至初中教國文的老師打掃宿舍院子的雞屎。

少年的悲與喜，外省老師與本省師母的「國」罵與「台」罵，婚姻關係其實是建構台灣族群關係的緣起。

背井

井
蹲著
愈蹲愈深愈靜
歲月的繩索與汲桶
垂直落下
一種弧形的力量
揪引起滿滿一桶的水
微微濺落
一些回憶
關於離鄉背井
心情及汗與淚汁

小記：

心事如井。

少年江進離鄉的志氣與原因，是早期雲林子弟共有的生命經驗。

口琴與蘋果的夜晚

寂寞和酒
浸泡鄉愁和蒼涼
蘋果的滋味
香甜汁液
酵成淚水的顏色
口琴　無調的歌
把生命的荒涼
傾倒出來
在暗夜的月台
悲壯如死亡的曲調
顫抖　心情

小記：

黃春明筆下的〈蘋果的滋味〉其實不只是黃春明的，也是初嘗蘋果的十六歲少年江進刻骨銘心的滋味。

少年江進其實不會吹口琴，只因喜歡那幽怨的音符，憂鬱而又亢揚，如同鄉愁，而蘋果的汁液是寂寞的慰藉。

十六歲從軍前夕

進補
十六歲的成人儀式
薑母汁與酒與紅面鴨
以及阿娘的憂愁
親相瘦猴的身軀
灌下辛辣的湯汁
之後，即將
離鄉
將少年青春夢投入未知的軍旅

小記：

鄉村的「做兵」是何等大事。

「做兵」就是成人禮，但十六歲的少年其實還未「轉大人」，於是阿娘以進補的方式，作為補償，而那辛辣又香又油膩的薑母汁與酒，讓江進的鄉愁增添了許多「氣味」，直到三十多年後的今天，「氣味」仍未消散，在夢中。

少年軍人的戀情

子彈使胸口的疤燦爛
彩虹使天空美麗
且虛幻如十六歲少年
祕密的初戀
那年
英雄之夢以及情愛
都成爲燦爛的胸口的疤
或者雨後的彩虹

小記：

青春期的少年軍人，總是懷抱著沙場英雄與對女性情愛的懷想，初戀的心情，羞澀的、模糊的，卻是壯美的。

老班長酒後的錯亂，與鄉愁、情變、酒以及槍聲、女子，對江進而言，竟是生命中不可承受之重。

假期

不妨去探險
不妨飲酒
一齊談論戰爭或者女人
百無聊賴
戀情沸騰
妓女冰冷的言語
撞傷少年的尊嚴
凝視遠方
凝視一列列的火車
望鄉
成爲假期唯一的慰藉

小記：

軍中的假期，少年軍人與老士官們的去處、話題，竟然有許多交集。

江進與從山上來的，想著部落的家的三位同伴，共同演出一齣假期的莽撞鬧劇，笑中有淚，這樣的情景當然不會再出現了。

涉溪

親娘的身影
在清澈的水中
與天空雲彩相映
伊信任和安慰的微笑
溫婉如夏日黃昏的和風
伊涉溪要拾柴薪
溪水清淺
親娘的身影
從來不曾流失

小記：

思念母親，人類共同的經驗與心事。

阿娘的身影在十六歲的少年軍人江進心中，總是如倒映溪中般，那樣地清晰又模糊，利用士校的暑假，與阿娘再到村子外的溪埔撿拾柴火及收拾甘蔗葉，那時的江進，竟在一瞬間，因為看不到親娘的身影，而驚慌得差點嚎啕大哭起來。

五十二歲的江進，偶又回到溪埔之畔，不免仍倉皇地在水影中找尋阿娘的面容，驚駭莫名地張望，欲淚……。

冰冷的月色

夜　愈深
月　愈冷
酒與露水　愈能醉人
夢和軍衣　疊成故鄉的朦朧
漢子的肌肉與暴烈的性格
在柔冷的月色下
融成嗥月的狼
以及哭喚母親的遊子身影

小記：

江進到士官學校報到入伍彼日，正值中秋月夜，軍用卡車從中壢火車站向仁美高地的士校營區，奔馳在顛簸碎石路途中，押車的老兵班長竟因酒醉而失態，吐得滿車滿谷，令江進對羶膘的「軍人的味道」有著不悅而深刻的印象。

但老士官酒醉的原因：想家。卻令甫離鄉的江進心中一震，並因而憂鬱起來。

老士官猶如孩子般在月夜中哭著。月色，好冷；對離鄉背井的少年或老士官們而言。

【第二輯】

月光下的會長

詩意與憤怒的黃昏

惡戲
繼續上演
少年軍人的詩意
與憤怒的黃昏
以預謀的狙擊
完成成人的革命儀式
並嘗啖權力的氣味
同時用拳頭和力氣寫下
關於一九七〇年
冬日下午的淚與歡愉

小記：

富有正義感的江進，雖然瘦小，卻以憤怒的正義與小聰明，擊敗一名來自眷村，以逞凶鬥狠，欺壓弱小著稱的傢伙。

那傢伙後來成為江進的好友，富有革命感情的夥伴。

士校學生便是那般模樣，在一九七〇年代。

等待

夢　抽芽
在每個夜晚
長成綿綿無盡的等待
等待戰爭
如同等待未及圓房的新婦

小記：

一直想著藉「反攻大陸」返鄉的文書陳上士，每天除了做好自己份內的工作，便是賣生力麵，賺取些小利。因為他要存錢返鄉，因為，他始終準備好他的行李箱子，一直等待著，等待著戰爭的號角以及他未及圓房的新婦。

軍營某夜事情

夜氤中
心靈發燙
少年軍人自夢中醒來
思念　母親
士官們　有的去喝酒
有的赤裸　互愛

燙熱
軍營的暗夜
事情　情事
如此　這般

某夜
軍營之事

小記：

軍營中，男人們的身體發燙，心靈渴望母親或者情人的慰藉。於是，暗夜中，不免熱情澆燙，不免意亂情迷地顛錯著，因而發生陰暗角落的某些情事，令江進倉皇不已，卻也因而更加理解這一群胸膛火燙漢子們的心事。

夜戲

未曾死滅的靈魂
在夜氤中發燙
不甘寂寞
千瑩化爲青色的熒火
喧鬧如舞會的霓光
沉默地訴說
失落的情愛
並與少年軍人們嬉戲

小記：

夜間演習，對少年軍人們而言，如同「夜戲」，神祕、調皮、鬼魅、恍惚的軍人身影在公墓的夜色中，相互探索，測量熒火的亮度，當鬼火飄蕩，少年軍人們有的膽大而不知害怕，有的卻因為驚駭不已而尿濕了。

魔鬼隊長的眼淚

——一九七〇年紀事

多麼遙迢
故鄉的水聲
自夢中湍湍湧來
僅十六歲離家
彷彿昨日啊
廿五年　日夜期待
就快歸鄉　只不知
何年何月何日
反攻　反攻大陸
一則領袖訓詞

一個如淚碎落的
夢
以及醉的心情

小記：

魔鬼隊長的臉以及漂亮的戰鬥動作，總是令江進在夢中驚醒。伊背著歷史的悲愁，有時醉得失態，有時嚴肅如掠人的魔鬼，不論醉或清醒，反攻大陸的夢以及鄉愁，總是令魔鬼隊長的眼裡也泛著淚光。

痞子的玩笑

沒有戰爭
或者壯烈的死亡
生活以及生命便如此單調
如此難耐
偶爾
以眼淚戲弄
正義的心靈
讓日子有些激動
有些快樂或者頹廢

小記：

鬼靈精的士校學生，江進的同學「痞子」，老是認真地開玩笑，連「祖母病逝」的把戲都可以如假包換地騙取「喪假」，江進還在榮團會中提議樂捐「慰助」痞子，事後發現痞子不僅是痞子，還是一個討人厭的騙子哩！痞子後來在服役期間被判了幾年軍法。

鬼月的夜晚與菜花之記憶

青春之火
在鬼魅的夜晚
焚燒起來
多麼地火燙
亮照軍營的圍牆
成爲
生命中不滅的熱與記憶

小記：

江進輪值深夜衛兵勤務時，鬼月的鬼火飄忽著，令他毛骨悚然。而一些利用夜暗翻牆出外尋求短暫歡愉的夥伴，因為鬼月的緣故，竟得了「菜花」的性病。

些許荒唐，些許頹廢、浪漫的少年軍人，在鬼月鬼火中壯了膽，也因「菜花」性病的威脅，更男性了些。

將軍們

軍旅倥傯
子彈或者星光
嵌入肩胛
偉大軍人的夢土
有著　將軍的姿影
然而
苦難以及淚汁
暈染成一片
模糊的鄉愁

小記：

少年軍人，士官的階級都未上肩，卻夢想當將軍。

那個時代的西門町，中華商場有軍用品的專賣店，包括將星、校級的梅花、尉官的槓槓，於是即將退伍卻異想天開要衣錦還鄉的王班長，在餞別的酒後帶著幾個天不怕地不怕的小毛頭，在中華商場買了少將、中將的星星，竟「授階」成為將軍了，接著被憲兵發現是冒用軍階，於是便展開一場憲兵抓「將軍」的追逐戰。

這是一九七〇年代士校學生江進的回憶，淚與笑與酒的真實故事。

夢遊的情報員

憂患家園
未識鄉愁
夢遊戰場
月色以及鬼魅
以及輕狂
年少的血與熱
交會成一幅
沙地上的家國
地圖

小記：

士校學生在飽經戰爭憂患的軍官、士官們的教導下，對中國、戰爭、歷史有著模糊弄不清真實內涵卻又自以為清晰、明確的信念，於是有人立志上戰場殺共匪，有人幻想當情報員，效法像戴笠或詹姆士．龐德那樣的角色。

十六、七歲的少年軍人軼事。

細胞No.21083

每個細胞
發燙、歡愉地
向詭譎的夜空
探索
某些人事時地物的陰謀
某些關於正義榮譽勇氣
其實非關正義榮譽勇氣
其實有如糞坑發出的
惡臭

小記：

早期的軍中，保密防諜是首要之務，但許多假借正義與榮譽、勇氣的「陰謀」，卻成為少年軍中揮之不去的夢魘。

時移境轉，保防細胞No.21083早已不復存在。

相互煨暖的靈魂

相互煨暖
是禦寒的方法
灼燙的男性
有最深最冷的靈魂
因爲顫抖　或者貧血
因爲同甘　或者共苦
相互煨暖
乃爲生命中的必要

小記：

老士官們，失去家鄉，於是擁有鄉愁，失去妻子或情人，於是便感覺冷，便經常擁抱酒或者同伴，以體溫相互取暖、慰藉。大時代中的小人物，歷史錯亂，性別以及情愛也因而亂了序。紀念那個錯亂的時代，並坦然面對那些曾經存在的男性間的愛情。

月光下的酋長

月夜
月光多亮
故鄉多近
多遠
行軍的戰士們
思鄉的遊子們
疊印的身影
搜索敵情的目光炯炯
想念情愛的眼神茫茫
槍口的火花
胸中的鼓聲

交響著
少年軍人
青春的不安的騷動

小記：

夜間行軍，老士官們想著離家的夜晚，從山上來的少年軍人們，思念著夜間打獵，以及月夜下的祭典，竟忍不住哭了。鄉愁不是老士官們的專屬，江進和他來自四面八方，城市、鄉村、山上、海邊的青春夥伴們，竟然也在月色中，不安地騷動起來。

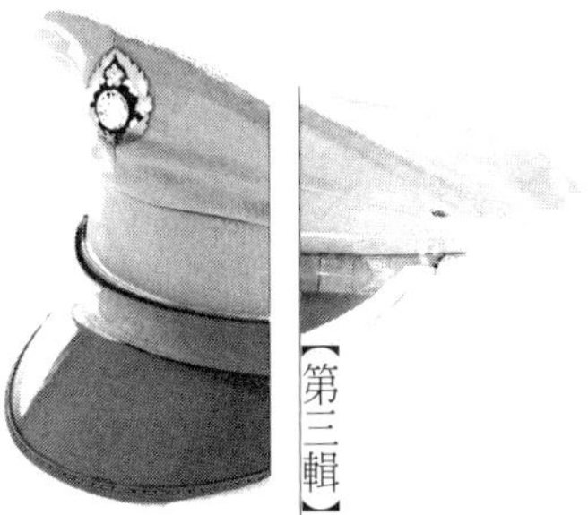

【第三輯】思念

絕唱

以虔誠扶起眼睛　今日
的松針柔柔地蕩浪在馨香的風中
雲捕捉風捕捉雲忘了膜拜今日的針葉上的陽光
我用呼吸以最純潔之姿饕餮著它處女般底氣息

我朝聖般底在風中匍匐

風來雲至
我眉睫之上踏滿影子的苗條
在這豐滿今日的惑於美的詮釋

午后的光影細述著一樹針葉的心事

搖曳著固執的愉快
在風中在影之外
我唇上陽光的一闋絕唱

一九七一年發表於《青年戰士報・詩隊伍》詩刊

小記：

寫此詩時，方為士官學校三年級學生，詩的語法文字意象其實十分蒼白，可說乏善可陳，但對一個十九歲的少年軍人來說，一手寫詩，一手持槍，竟是莫大的虛榮。而在此詩發表前後，士校學生確無人能媲，狂狷的我，對於羊令公的厚愛，實無以名之。

年輕詩人的眼睛，總充滿了感性，那時，喜歡獨步郊野，傾聽大地與風與樹的對話，大口大口地吐納，吸吮雲彩或者日光中的芬芳，並且心懷虔誠、感謝。

絕唱是天籟之音，也是軍校生生命內在的律動。

此詩以筆名「洛是」發表於詩人羊令野主編的「詩隊伍」週刊。「洛是」是二十歲以前的筆名，這個筆名引起許多好奇的猜測，其實是一個篆刻藝術家誤將我原來屬意的「藍星」簽名式，因字跡潦草而刻成「洛是」所致。這是潦草的誤會，也是三十年前的小小祕密。

那是誰人

陽光照過我黝黯的臉
眼睛猝然失明
努力找尋
山峰在那裡
諸種地形俱在那裡
沉重地陳列
陳列

禪是一隻破碎的碗盤
然而卻蛻成一匹顏色的雲髮
成林　成河

猛見自己披著一襲舊衫
張口驚愕成又啞又想大聲喊叫的嘴
美麗而陋鄙且甚莊嚴
那是誰人

究竟是誰人

一九七三年九月，發表於《綠地》詩刊

小記：

野外，烈日下的睇視，原野諸種地形隱藏著生命脈動，似欲開口，向我告白，草根與泥土內裡的孤寂。這是一九七三年九月在陸軍官校繁忙緊湊的入伍生活中，極少數的作品。

陸軍官校學生有「神仙、老虎、狗」之別，「神仙」是四年期學長，「老虎」是二、三年級，「狗」則是入伍生、一年級學生的「身分」，因需日夜出操，匍匐於地，且須沒有理由地服從，故以「狗」喻，但同學亦不以為忤。

焚

舉手
以掌中的河沙
問白雲
細訴我焚燒的相思
廿一之組合在我又是何等之組合
啊
悲鳴與狂嘯
啊
戰爭與災難
槍與筆皆在我掌中
焚昇

一顆躍動的心
何等激昂的音域啊
我掌中的河及沙啊
有槍
有筆
在焚燒呵
焚燒呵

廿一生日夜吟，一九七四年四月發表於《黃埔週報》

小記：

此詩於今讀來，不免興起失落的情感，那時，廿一歲的軍校生，內心的確存有如宗教般的戰爭圖騰，而所謂「國愁家恨」或有些莫名所以的無病呻吟，但年輕的生命的確壯闊而激昂，熾熱如火焚。

葦

驟然，一番風流
只是，兩岸的葦草
輕弄一方雪
搖著搖著啊北邊的冬原
鄉景的滋味
我沉沉的呼吸
嗚咽，只是強愁
只是我再忍不住感動

一九七四年十二月，寫於高雄望雲山腳

小記：

此詩發表於前輩詩人羊令野主編的《詩隊伍》詩刊，當時的《詩隊伍》是作家詩人們夢寐以求的詩花園，發表此詩讓當年甫及二十歲的我，多了幾分詩人的自信。

早晨的班攻擊

一早，就被號音哄出營房
唱歌答數踢著碎石路到
野外
我懷中的詩集被吹開
士兵向我報告風向
陽光碎銀般嘩嘩著灑下來
獨立家屋的簷角下被拏下影子
望向行樹許多響亮的芒
若貓的腳步熏熏迷迷地輕踏滿
全排兵士們的臉
尤其額

他們在等待
一枚信號彈以及我排長的命令
我，望見他們盔下的髮
決心向他們宣讀一卷
火色封面的詩

一九七五年八月，發表於《詩隊伍》

小記：

晨間打野外，課目是「班攻擊」，彼時詩作甚勤，幾乎每日一、二首，凡課程、生活、戀事皆入詩，散文作品也十分豐收。

道

盞茶
我醉成中年
細說一段戀事
很感動
再斟一杯
從此處望出
遠方的港泊著綠
深深
可是，我卻搖頭失笑

一九七五年十月寫於高雄某路高樓，發表於《詩隊伍》

小記：

一九七五年，時年二十四歲，陸軍官校三年級學生，軍旅方七載，竟有老兵心境。操課之餘，似有若無的戀情，隱藏在心事中，未知未來，茶香醉人。

思念十帖

一

若一株小草
仰望著
被不可測的季候染上枯黃
等待
等待綠從深深遠遠的感覺伸出

二

樹般地根植
靜默地把髮扭成墨綠

是憂鬱
多麼茂盛而堅強的盤結

三

如雲
常常濃著
曲捲成膚色灰黯的臉
舒捲自如
卻無法消散
雲中的磁場聚著永遠的吸引

四

揮筆寫墨
山水旋飛

一個釣者在湖岸
張望　等待
無竿無餌
只是水漣漣漣

五

書
一版再版
我是日夜不眠的鉛字工人
捶擊每個鉛字
我的眼被白晝被黑夜
焚傷
而仍倔強地張望每個字

六

醉
竟是這般
談李白，笑他
我常如此酩酊
如此固執地舉杯
斗酒詩千首

七

耳蝸脹得厲害
痛
誰在天涯喚我
痛，不過是悲劇的幻想
痛痛，痛
啊！

八

什麼時候
我的肌肉已如此鬆弛
左手的
右手的
都已失去掌握的力氣
舉不起什麼

九

我喜歡一襲咖啡色的長衫
清醒時，夢時，愁時
也就只有這麼一襲破舊
雖然，沉重

十

網
我的肢體跌進去
風吹網柱如鋼
溫柔的森冷的
思念是一張多層次的
網

作於一九七五年秋末，刊於《綠地》創刊號
一九七五·十二·二五

小記：

一九七五年，秋，我在鳳山陸官的校園、野外，面對一段似有若無的戀情。

此詩發表於《綠地》詩社創刊號，是當時台灣繼《大海洋》詩刊之後，結合社會、軍中詩人所組成的同仁詩刊，發起者包括我及傅文正、莊錫釗、陳煌、蔡忠修、雪柔、紀海珍、艾靈、喬洪、許振江、靈歌等人，自一九七五年十二月二十五日創刊，迄一九七八年止，出刊十二期後解散。

滋味

一

浴　淋漓
然後每個細胞
歡呼起來
痛快撕裂沉積的垢族

在香煙的氤氛中
環繞我的是鼓聲
趺坐的不是蓮花

是鏘鏘的巨鼓
聲聲像千仞涯上奔下來的瀑布
瀑布的珠玉成串成籬
迎風響亮
在我全身

二

撥雲　無月
見霧　澆濕了樓欄
是一樁意外

燭影
二十三幛
走出少年
不再固執地戀著伊的唇弧

一九七六年五月，《黃埔週報》

小記：

詩成於二十三歲，時為陸軍官校三年級。這首詩的文字、意象皆非上乘，但青年軍人的昂揚身影，卻掩不住淡淡的、遠去的情殤。

感覺

在斜風中
以雨的走法
且呻吟且歌

昂仰的臉
被敲打成漲潮的海面
額與顴是礁石
被淹沒
被舉起

身軀是草苔族的基地

漂浪在藍色的深水裡
總是無魚來游
兀自垂下雙足
雙足踩探下去
依舊是沒有止界的深度

浮起，或是
落地

一九七五年九月，於鳳山

小記：
一種失落、虛無，年輕軍人或詩人無病呻吟的心情寫照，以「凌村」筆名發表於《草根》詩刊，未記期別。

然而

掬水潑臉
卻發現一張非常崢嶸的中年的臉
我竟單薄成這般
髮盡額間
只爲了更像詩人
每天
我凌晨便披衣望月
常常誤會高地上的星
是誰家徹夜不眠的燈
我總要張眼凝望
方才啞然獨笑

爾后我臨池漱洗
不經意看見那單薄的我
如一頁短短幾行
意境淺白
吟哦無韻
未成的詩句
江湖不遠
中年未已
怎甘心束筆如封劍
未行江湖
怎可說已倦江湖
然而——唉
確實我單薄多了崢嶸多了

時年廿五，以「蘇彊」筆名發表於《小草》詩刊誕生號
一九七六年二月

小記：

寫此詩時，年輕的詩人之心也滿懷軍官的志氣豪情，斯時，凌晨即起，每先攤開紙筆揮毫，或練字或詩文，也許是強愁，竟自覺已入中年，恍惚，故有「然而」之悟！

千炷香

此時
月光把雲犁成薄明的畦狀的
夜愈冷
白晝愈暖
月垂直如泉
流入我初寐醒的視野

展望
以星爲字爲標點的這一冊天書
只有一頁卻讀不完
因爲有千炷香

廣　告　回　信	
台灣北區郵政管理局登記證	
北台字第15949號	

235-62
台北縣中和市中正路800號13樓之3

印刻出版有限公司　　收

讀者服務部

姓名：________________　性別：□男　□女

郵遞區號：__________

地址：________________________________

電話：（日）______________（夜）______________

傳真：________________

e-mail：________________________________

INK

INK PUBLISHING

讀者服務卡

您買的書是：________________

生日：______年______月______日

學歷：□國中　□高中　□大專　□研究所（含以上）

職業：□軍　□公　□教育　□商　□農

□服務業　□自由業　□學生　□家管

□製造業　□銷售員　□資訊業　□大衆傳播

□醫藥業　□交通業　□貿易業　□其他________

購買的日期：______年______月______日

購書地點：□書店　□書展　□書報攤　□郵購　□直銷　□贈閱　□其他

您從那裡得知本書：□書店　□報紙　□雜誌　□網路　□親友介紹

□DM傳單　□廣播　□電視　□其他

您對本書的評價：（請填代號 1.非常滿意 2.滿意 3.普通 4.不滿意 5.非常不滿意）

內容______　封面設計______　版面設計______

讀完本書後您覺得：

1.□非常喜歡　2.□喜歡　3.□普通　4.□不喜歡　5.□非常不喜歡

您對於本書建議：

感謝您的惠顧，為了提供更好的服務，請填妥各欄資料，將讀者服務卡直接寄回或傳真本社，我們將隨時提供最新的出版、活動等相關訊息。

讀者服務專線：（02）2228-1626　讀者傳真專線：（02）2228-1598

燦爛

是東方的也是西方的
是千年前的詩人們的也是千年後的
我的

只有數燭光亮度
便照透人世間
便照遠古遠以及未來之未來之未來
永遠不熄的千灶香啊
是讀不完的一頁書

此時
我在池邊
風是夜之翼
微微地掀動我的髮

我的額是眉
照向天空
我的手握不住一炷香
手是長滿荊棘的仙人之掌

一九七六年三月

小記：

以筆名「雲林」發表於《草根》詩刊第十一期，一九七六年三月，時年二十五未婚，感情豐富、多思，一手寫詩，一手持槍，文勝於質。

是心境的意象，也是夜景的寫實。孤獨而寂寞的夜晚，因窗外月明，遂以燃香替代秉燭，讀唐詩懷想李白，移步池塘，月色如酒，照我模糊的身影。

風口

少年
負手向風口踱步

清癯的水煙
種瘦竹
揚溪成深淵
如此的風景

無劍
揚竿

無餌
而魚肥成群
在潮汐中望岸

只有一隻無弦的琴
昂面如呑虹
卻見禿鷹掠過

水聲潺潺
背手反游不成姿勢
一身暮色

《復興崗詩刊》第六期，一九七六・八・一

小記：

這是一首在「連對抗」之後，卸下沉重裝備，漫步不知名野外林間，等待晚餐時的記事。

本詩發表於政戰學校《復興崗詩刊》，當時蘇偉貞、姜捷、黃徙、劉廣華等皆為崗上好手；這首詩也是陸軍官校學生第一個、第一篇發表於《復興崗》的作品，對於當時軍中流傳陸官與政戰存有心結的氛圍，可說是一大突破。而我與崗上文友、同學間的互動，雖不免被視為「異類」，但可以肯定的是，我們之間非但沒有心結，反而多了一份相知相惜之情，三十後，於今猶是！其中意涵，至今仍令人會心莞爾。

回家

車速行成一種且微且劇的顛簸
我自燈城晃出已是深涼的窗外一方星壁
抬手
錶上的針依然蝸行在我焦灼的視境中
只見路標的里程迅速後移

走出小站
慌忙剪下一幅水濛的燈色
舉足向前跋涉
遠方的樹林潑墨般地佇候我疾行的步伐
在路途彼端簷前的燈可否未眠

我的身影延伸向彼端
逐漸索獲鄉井的距離
如狼之俯嗅
我仰首
天穹北極以光指引家的位置

一座廟鎖著濃濁沉香以及神祕夜色
神祇兀自沉思似眠未眠
我以張望膜拜
不知祂是否正窺視我的心事

前方傳來犬吠
在寂然的鄉野
掀開了一路的黑
路樹上的鳥巢一陣啾啾的喧譁

蝙蝠振翅
夜貓叫春

我的行囊中有一卷在城中未寫完的詩
歸來是爲了放逐一些陰冷的生活句號
而後如自焚的火鳥
從灰燼中重組羽身

無馬可策
再次地跳過一條未成河的溝渠
再次地摸索
在繁華的草徑
已是三更

熟悉的竹叢招搖著流泉
我已聞到屋後的濕泥氣味

雞鳴
愈來愈響亮
天色微明彷彿童年的黃昏之末
那夜色使我迷亂如逃家的孩童
在母親尋我喚我之前
我悄悄地避開那隻老狗的視線
無人知我曾有逃家的犯意
我躡足
推門入屋
回家
臉上是夜露的涼意

一九七六・八・十五，凌晨三時四十分

小記：

此詩成於一九七六年的暑假，我自鳳山軍校返家，在深夜。十年後，此詩改寫，在詩刊發表後卻找不到剪報，幸而原稿仍在，「回家」的詩意仍在。

而今，彼時回的「家」已改建成新屋，返家途中的村巷、路樹、廟寺、路標皆已與一九七六年不同了，雙親也已不再圍籬飼養家禽了。但我知道他們依然會回到他們最後的故鄉，探視他們的兒孫，或者悄悄在我胸口傾聽伊兒的心跳與心事。

每當回家，我總喜歡在深夜之時，漫步家園四周，追憶年少逃家一日，家人竟不知我已失蹤一天，而後自己偷偷回家的情景，而此兒時記憶，乃成為今年已五十二歲的我揶揄自己，笑中有淚的趣事。

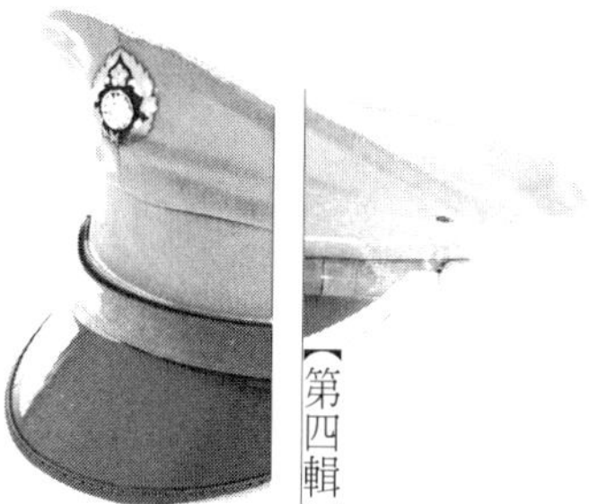

【第四輯】野外諸事

千手佛

許多竹 植在吾們的境界
筍們，如馬蹄過的印痕
忽然在春雨之后凸凸打出一方布局

佛千手在吾們的境界
所有的布局
皆是美麗的告白

佛之千手拈花
在天空中栽種沉默的凶猛的安靜
鬆散的寬闊的令人跌落的布局一種

原來是深深的感激
溫柔的強力的佛之千手在吾們的觀望裡
出現了

千手佛　微笑
答覆吾們疊聲的祈願
而訊息傳播得這麼快速

吾們一手接好音
一手將訊息用力植栽
又將是一方漂漂亮亮的布局

一九七六・十二，發表於《綠地》詩刊第四集

小記：

這是對大自然節氣的詠嘆，對土地的眷戀，溫柔的心、寬闊的視野，年輕的詩人眼中，生機勃勃。

野外諸事

子篇

月光使高地的濃密相思林熱鬧起來
一場熱鬧又森冷的晚會
幽冥的傳說透明起來
奔躍起來

所有的烈士以及無枝可棲的鳥
所有的烈士們
亡魂們

坐在月光下
以眼神交換陳年心事
一群趁夜色
隱藏身影的鳥
看守著烏雲
企圖使月色
更冷更白

丑篇

一座獨立的斷牆兀自站立在空曠的原野
恁風流洗　恁夜色飄蕩　恁孤獨風化
一個鬼魅像夜間的步哨
穿越深草地
依在斷牆
偷窺原野

思索著自己的故事
只由傾注的星光造成飄忽的效果
星光如螢火
在遠遠的高空召喚

寅篇

夜空漸沉
諸鬼凌雲
雲的面貌
在星光中如溫柔的鬼
與汝相望
汝只是一枝驛站繫馬的橫木
木已拱木已如死灰
只有如此凝視江湖
……

一九七七・三・二五，發表於《綠地》詩刊第六期

小記：

夜行軍野營，操課之深夜，熄燈後，同伴們鼾聲大作，野狗在遠郊成群呼嘯如鬼嚎，夜棲的鳥鸞飛後又落枝入巢。夜引筆，疲累的身軀竟無睡意，帳篷搭設於野外荒墳之側。凌晨，似醒非醒，起身，在手電筒燈光下成此詩。

詩人生活

首篇

搏殺
每一吋肌骨
每一吋肌骨碎裂
如此的奮戰

一面煙濛古舊的銅鑑
歲月的銅鏽
照著崩坼的臉容

舉碗
壯士　且歃血
豪飲

直到發覺手中短劍
竟是
竟是軀身上的肋骨
搏殺愈猛

續篇

蟄伏的詩人
將五官用力地長大
如此地細長
如此地伸向

伸向花園之外
伸出櫥窗
一切美麗的擺飾之外

酒甕一尊
張口向詩人的血脈伏擊
造成轟然巨震

聚集著落鎚鍾落的圓跡
圓細的痕旋轉著
旋出令人迷惑的幻象
誰
誰人能擊出
擊出一聲如嬰兒嚎啼的鑼音

尾篇

詩人
且努力生活
且使力擦拭那面古鑑
且緊握鈍犁

《鳳凰族詩刊》第一期，一九七八年九月

小記：

此詩成于婚前，曾發表於《鳳凰族詩刊》第一號，婚後重讀，並重新寫成。

生活就是戰鬥，戰鬥就是生活。這是一九七五年的我對生活的注解，而彼時的我鎮日在野外出操，想望戰爭中指揮官的英武、豪壯。

第一段將劍與肋骨相媲，正是以生命融入戰爭的意象，自覺壯美，因而能「搏殺愈猛」，虎虎生風的青年軍官身影呵！

現在讀來，猶令五十之年的我湧起二十五歲的心情。

漸感悲愁的大地

我已經漸感悲愁了
我是母性的體質
漸漸地
我的肌理呈出龜裂的狀態

山從我軀身走成脈狀
河從我臂間奔成流線
季候把我妝成各種面貌
我乃滋樹成林
我乃生養物類為族

我的掌紋就是歷史
永遠不盡
我卻漸感悲愁

我是我
砲火是砲火
碑石是碑石
放眼觀去卻是墓塚成城
漸漸地悲愁在我胸臆如將謝的荷花

我喜歡垂釣下午的老人
我喜歡嚎啼的嬰兒
我無所謂愛恨
不用申說
我就是我

我被踩掘
我常忍受生產的陣痛
然而我的沉默乃是歡悅的
但是漸漸地我煩惱和憂愁
我無意被妝成舞台
季節的手不再多情地爲我披紗

我以孤獨來映照自己
人類總是以喧吸來展露他們
如果他們的鏡子
能像孤獨一般地深冷
我的痛苦就不會是悲愁

爲了鏡子我沉默
我的悲愁在心中燃灼
有誰能說出我的沉默

我是大地
我已漸感悲愁了

《綠地》詩刊第八期，一九七七・九・二五

小記：

乾旱的鳳山高地，炎熱的夏日，原野蒼茫，焦燥的天空，映照龜裂的大地肌膚，奔行在野外的青年軍官，懷抱詩人的心情，觸撫著失去生息的草木與泥土，竟感悲愁了。不為賦新詞，只因生命內在的孤獨，忽然像一朵凋謝未死的荷，努力地記憶著壯麗的開放之姿，努力地抓緊根柢的呼息，宛如戰場自激烈的砲火槍聲中，忽然沉寂下來，悲壯地肅靜下來；天際炎陽，冷冷的。殺氣騰騰地搜巡硝煙中的魅影以及微風中的熱。

這首詩是在鳳山六么二高地的訓練場寫成，某個午後，疲倦的士兵們，紛紛在樹蔭下「陣亡」，我則自昏沉的睡意驚醒，因著遠方集合的哨音，我努力張眼，看到旱季的野地，像要訴説什麼，因有此詩，是為記。

士官

士官揚著手
白髮飛揚有如他固執的信念
士官們複誦著射擊口令
各戰士睇視著他
猝然　揮手
如劍舞之弧
轟然　擊中對岸的故鄉某村某家屋
（觀測官傳來命中的消息）
士官倖然微笑
咬著兩片紫黑的唇
咕噥兩句

仰視海天的雲
忽然　雨從彼處滾動過來　斜著步
竟灑在他黑亮的臉上
咬著咬著唇
士官自言自語地咕噥什麼　他的眼眶竟有一串斷線的
珠子垂下雙頰扭曲著許多皺紋

一九七九．八，發表詩刊未存記

小記：

此詩寫於我擔任野戰部隊步兵連連長，參加連測驗時的火砲射擊之後，詩中的士官正是那門火砲砲長，他一頭白髮，在倥傯軍旅中，竟以「不回家鄉不結婚」的信念自許，他的家，除了軍營，當然就是山東的故鄉了。

當時我的軍旅生活甚為忙碌，但仍不忘創作，但重心已轉移至散文與小說，此詩寫後竟有一年餘，未再寫詩。

雨

門板上那張倒貼的春字
被濡濕
糊成一團墨跡
那麼今日便不再出門了
於是
眼角那尾細瘦的魚
縱情游泳
愈游愈深
終於是一幅漩渦了
男子
望著斜斜潑在窗櫺的雨

水
無端輕嘆一聲

一九八一年啓筆第一首
《創世紀》第五十五期，一九八一．三

小記：

雨，下著。一種中年的滄桑心情，時年二十八，未達而立，竟有些許悵惘，或為家事，或因強愁吧！當時回到中壢龍崗第一士校母校，擔任學生連長職，雖無野戰部隊的辛苦，卻因年少氣盛，內心充滿「等待戰爭」的激情，因而被稱為「魔鬼連長」，並當選陸軍、國軍的莒光連隊長，或許也因此有著老兵的滄桑心境吧！

為父之道

兒子吵著要騎馬
馬兒肥
馬兒快快跑啊跑
呀
跑啊
一聲清亮吆喝
老子應聲倒地
兒子雙腳一跨
擰住馬之雙目
煞是威風
呀

跑啊

兒子叫道
臭爸爸看掌
便迎面劈來
老子淚眼模糊哈哈大笑
兒子猛撲過來
摟住老子
在隱約著五道血爪的臉
香了香
叫道
臭爸爸

一九八一年啓筆第二首

《創世紀》第五十五期，一九八一・三

小記：

我結婚於一九七八年底，一九八一年已有二子，長子彥斌，次子璟斌。寫此詩時，常為孺子牛，樂為兒子的大玩偶，但在學生面前，我可是虎虎生風的魔鬼連長呢！

小說家悲哀

情節之一

小說就是小說
用所有可用的標點
像星星那樣
在夜晚的天空

寫的人抿嘴而笑
讀的人心中一串冒號
寫的人農夫般在方田裡

播下雪花般血汗
讀的人安坐躺椅
驚嘆
哦那人該死

那人還活著
讀的人已經睡著了
寫的人還囉唆什麼
小說不如不說

情節之二

你以爲這是白開水
你的眼睛受傷
你以爲杯子是方形的杯子
杯子是多角形的杯子

杯中水不是白開水
是泉水
山裡來的
是咖啡
城市來的
你看到的不是杯子
杯子裡什麼都沒有
什麼都有
在那裡？
等你的眼睛不再充滿眼屎
等你的傷勢穩定
你就會看到

《陽光小集》第九集，一九八二・六・二五

小記：

一九八二年是我創作力最盛的時候。詩、散文、小說無日無之，努力創作，文思泉湧，除了拚命發表外，也十分用心參加諸多文學獎比賽，在小說方面斬獲甚多，但獲獎之餘，仍不免有「小說家悲哀」之嘆，不過這兩首詩也可看得出當時的我已有將詩與小說融而為一的企圖。

青蛙會議

夏夜，荷塘月色
一頁久遠久遠殘舊的故事

一隻、二隻、三隻、一群
聒噪的青蛙
為了某些事，起了爭執
就這樣坐著
像生理失調的動物
鼓腮、瞪眼、擊掌、呱呱叫

季節已經沒有意義

這個世界
青蛙橫行，而原野已經沉沒
以致披上青蛙外衣的人
因爲無聊，因爲生活
開會成爲生產眞理的唯一方式

因爲久坐
人體有了青蛙的趨向
桌子是一方無水的池塘
唾沫是泥巴
（口臭的人太多，他們努力傳播細菌）
就這樣坐著

啊，我怎甘變成青蛙
我只有緊閉嘴巴
憤怒而悲痛的心

想著未來
我們的歷史全部化作會議紀錄
我們從世界消失
開會族的遺蹟
被宇宙星球觀光客視爲禁地

啊，我怎甘變成青蛙
我只有緊閉嘴巴
看錶，晚餐時間早已過去了
而他何不讓我回家
我的妻子、兒子勢必還要久等
我憤怒而哀傷悲痛的心
如同失去了夏夜、荷塘、月色
的一隻不語的青蛙
就這樣坐著
開會

《陽光小集》第十一集，一九八三・二・十九

小記：

這首詩是對日常中開不完的冗長會議的抗議，類似「傷痕詩」。

當時，創作力十分旺盛，只要得空分分秒秒，皆用來讀與寫，也因獲獎許多，心高氣傲，最不耐煩聒噪不已、言不及義的會議，一方面心中又掛記著年幼的兩個兒子，急著抽空扮演大玩偶，一種補償的心理。

岩

岩石
你凝望什麼
你爲何要剝削自己

打風中來
身後
身後事已漠然

你可是激動的血漿所凝
你因何冷漠
你因何固執

你蹲著或站著或仰或躺
一種瑜伽的姿態
讓風翻譯你的意思

《陽光小集》第十二集，一九八三・八・三十

小記：

演習中，在山上的岩壁小憩，一身熱汗在微涼而堅硬的岩壁上暫獲舒息，岩形如千年跋涉駐足的風化戰士，因成此詩。

夜半的鬼

——接水記

夜半
我在慘白燈下
思索
鬼的起源
關於魂魄的形體
鬼月的故事
我在稿紙上
小心寫上題目
鬼的諸事

傳說
有一種長舌的鬼
喜歡在冥夜裡出來飲水

起身
因爲口渴
水壺裡只有一隻氣喘的蟑螂
我嘆息
白晝無雨夜無露
我如何能熬夜寫鬼

爲了喝水
我扮成偷水的鬼
大地無井
夜愈黑愈熱

我蹲在簷下
想尾隨長舌的鬼

一種聲音
微微的嗚咽
自地心悠悠飄起
原來
不是鬼的嘆息
原來水如鬼

一九八三・八・二七凌晨

刊於《詩人季刊》第十六期，一九八三・十一

小記：

一九八三年春夏之際，北部地區連月苦旱，所謂分區隔日供水，即是在夜半三更取桶接水，量小如鬼蹚，因記之。

缺水的歲月，石門水庫見底，水若游絲，夜半方如鬼般地要死不活，現身，捉摸不著，苦中作樂，因成此詩。

時年三十，寄居桃園中壢貿易七村，散文、小說創作皆不懈，小說獎猶連年皆捷，唯尚懂得裝作謙虛，並不忘詩作。

水的種類

無色無味無臭的水
倒在稜形杯子裡
在陽光下
在夜暗裡
難免會反射出一些顏色
光芒或者刺眼

無色無味無臭的水
在湖裡迎風微笑
湖畔綠柳千尺
盈盈欲舞

湖中游魚歡躍

無色無味無臭的水
在化學工廠
一半是廢水
一半是可樂

無色無味無臭的水
可以結冰
可以加溫成開水

詩人們
請問水的種類有幾種

《陽光小集》第十三集，一九八四．六．四

小記：

這首詩發表於《陽光小集》第十三期，也是最後一期「政治詩集輯」，其後，陽光即因同仁理念的問題而停刊了，十分可惜，至今仍覺遺憾！

〈水的種類〉不是政治詩，但卻呈現詩人對現實的辯證觀照，從歷史的角度看，當時的台灣社會已走入後威權時代，整個社會、政治乃至於文學，都充沛著一股被壓抑之後，蓄勢待發的生命力，當時，我在軍中的階級是少校，對於思想教育的定型化，以及似有若無的某種情境，難掩失落之情，〈水的種類〉即是在此心境下寫成，後來詩人們詰問水的種類有幾種，其實也是對當時政治情境的質問，如今重讀，仍有淡淡愁悵。

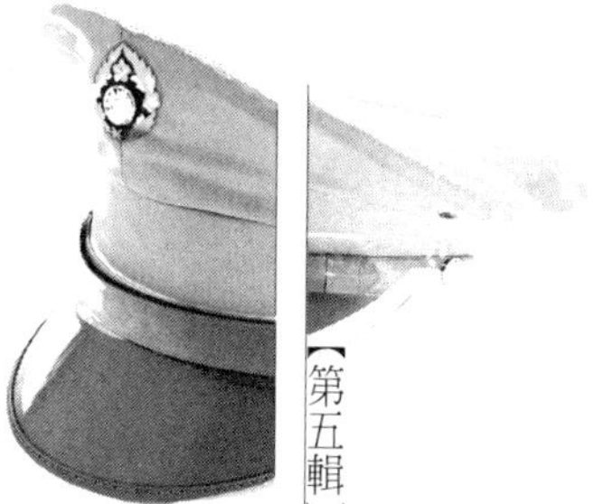

【第五輯】

誓約

誓約

一、芒種之後

芒種之後
廣袤的大地
飽滿著甜美
所有的綠
芬芳以及溫熱
一種激昂噴泉之姿
向清澄的天際
勇敢地燦麗

青春，宛如海濤奔騰
熱情，猶如火朵輝煜
一顆灼燙的心
被緩緩觸擊
……革命的事業
就是救國救民①
悠亮的聲音
恍似春風感動花蕾
一張張年輕的面孔
絢麗虔敬，落淚

今天，六月十六日
我們趕赴莊嚴地集合
肅立，向時空的長廊瞻望
由黃埔到鳳山
一群群血性的漢子

向家中的兄弟
用掌與掌
交流溫暖的血
……親愛精誠
……繼往開來
皇皇旗纛
在蒼穹迴風般升起

澎湃的潮音
鏗鏘地召喚
由北到南
每一寸鬱鬱蒼蒼的土地
湧動起來萬萬千千
忍不住爆裂而出的芽種
三英里見方的小島②
飛濤擊岸

惡浪洶湧
五百顆青蔥般頭顱
在烈日下
鬱鬱民族的生機
五百枝步槍
樹立國家的希望
熱情和眞理
被快樂地傳遞
初怔的校軍
以長虹之姿
跨過高踞的城池
讓青天的顏色
成爲民國的風景
擎舉正義的劍
擊向棉湖、武漢的天際
暴戾的梟族

在晴燦的日芒中
失落牠們的羽毛

那個憂鬱的春日
黑色的三月
流淚的蒼天
中山先生微弱、堅定呼喚著
……革命尚未成功
凡我同志仍須努力
……和平……
奮鬥……
救中國……
救中國，黃埔弟兄們
出發，前進
把哀傷放逐

出發吧，從東校場
所謂顏色
是血的激昂
熾烈地揮灑
暢快地流注
向崎嶇的征途
汀泗橋濁浪滔滔
就用碧血滌濯吧
武漢、江西
福建、浙江、贛、閩
滬寧、龍潭……[3]
一支心中只有愛與死的行伍
以閃電的速度
掀起陰霾
洗亮青空

二、碧血如花

碧血似花
一朵朵怒放
壯烈、絢爛之必要
血的責任
便是璀璨主義的花朵
肥沃國家的泥土
耕耘統一的田畝
國民革命軍之父[4]
帶領他的子弟
用生命鋪設
建國的道路
像基督犧牲自己
要讓世界充溢菊花的香

所謂花香
芬芳之必要
犧牲之必要
所謂鋼鐵
堅定之必要
團結之必要
乾杯，飲下革命的瓊漿
用我們的體溫
溫暖凍傷的母親
用我們的生命
在冷冬開一束花香
融一爐鐵血

走吧，兄弟們
把冷汗拭去
恢復驕傲的臉色

把懼怕丟掉
一寸河山一寸血
十萬青年十萬軍
大砲和刀尖
掠奪不了民族的祠堂
火焰和帝國主義
瓦解不了黃埔的精神

「壓傷的蘆葦，祂不折斷
將殘的燈火，祂不吹滅」⑤
我們為勝利而生
必得忍受壓折的痛楚
我們要點燃長明的燈
必得禁受風雨的吹襲
我們的　父
帶領我們走過火獄寒淵

在蕞爾復興島
燃亮道統的聖火
耀照復興的遠景

三、終生誓言

那年，我們奔向山巒
不為尋幽，不是訪勝
我們在高地上
匍匐，流汗
大聲談論
烈士們的愛
以及戰爭的故事
在七一四、六一二之巔⑥
我們向烈日禮讚
我們的身軀

在北風裡學習
松柏的姿態
在哲學、科學、兵學馨郁的海域
我們悠然涵泳
吸取芬芳
那天，我們愁傷
如流離的羔羊
哀鬱，戰慄
國軍之 父
在狂飆的夜晚
走向永恆的殿堂
天穹的容顏崩裂
大地的胸膛劇痛
祂的杖履
回響成天籟
殷殷地……

不可因余之不起
而懷憂喪志……
實踐三民主義
光復大陸國土
復興民族文化
堅守民主陣容
……我們的淚
我們的血
殷豔地寫
一幅壯麗的旗⑦
我們誓言
……決心貫徹　父的遺訓
堅此百忍，奮勵自強
光復河山，重建中華
還都南京，奉安靈柩
不達目的，誓不休止……

我們把黑紗縫在胸口
向青天立下終生的誓約
「以國家興亡爲己任
置個人生死於度外」

前進，黃埔的健兒
前進，澎湃的怒潮
做中興的柱礎
團結在　統帥四周
以青春的聲音吭歌
——生活的目的在增進人類全體之生活
以生命的熱度高唱
——生命的意義在創造宇宙繼起之生命
在山之顚
在海之湄
在天之穹

勇猛地衝鋒、戰鬥
高舉反共的焰火
傳播眞理的福音

四、永恆之歌

昨夜，我們走進校史館
讀著烈士們灼熱的眼神
傾聽他們的心跳
我們把手按在扉頁
觸撫著滾燙的字句
我們的眸子
被水意潮濕
走出巍峨的大門
我們將嘆息
輕輕遺落在晚風裡

今天，六月十六日
看哪！
茁壯的樹
自朝露中挺立
千尺柳條
在黃埔湖畔搖曳
聽哪！
陽光中金麗的音律
……怒潮澎湃
黨旗飛舞
這是革命的黃埔
爲民前鋒……
黃埔，我們的歌
黃埔，我們的愛

看哪！
所謂風景
不只是繁盛如園圃
絢爛如花季
遼闊的晴空
千山因主義之花而芬芳
群樹因先烈之血而英挺
今天，偉大的時刻
甲子之仲夏，鳳山
巍巍之黃埔，六十載
革命的巨鐘
長鳴
歷史的長鳴
恆光的新傳
親愛精誠的眞情
萬萬千千的黃埔子弟

肅立，心靈交響曲
唱出——
和平，莊嚴
自由，平等，博愛
倫理，民主，科學
忠孝仁——愛
信義和——平

今天，六月十六日
一如在東校場
我們誓師
在　統帥四周
向中興復國的道路
勇猛邁進
不憂，不懼，不惑
犧牲，團結，負責

不與魔鬼妥協
不向邪惡屈膝
我們的胸膛
鼓蕩著黃埔精神
如同朝暾自松林升起
我們吭唱一首永恆的歌
……為民前鋒
夙夜匪懈，主義是從！
矢勤矢勇，必信必忠！
一心一德，貫徹始終。

一九八四年作品

注釋：

①民國十三年　國父於黃埔軍官學校，開學訓詞，見《陸軍軍官學校校史》〈一〉。

②黃埔島面積。

③東征各戰役，見《陸軍軍官學校校史》〈一〉。

④蔣介石先生爲國民革命軍之父

⑤民國三十九年，蔣公於阿里山行館，自聖經摘下的箴句。

⑥陸軍官校鳳山現址所屬戰鬥教練場，該兩高地，凡至官校受訓員生均能身歷其境，體其險要，而深會革命軍人不怕苦、不怕死之精神。

⑦蔣公崩逝，全校官生齊集，以鮮血染繒成一幅國旗，以表至誠血忱（現藏於陸軍官校校史館）。

小記：

這首長詩是國軍文藝金像獎第十九屆詩歌類的獲獎作品。全詩一字未改，收錄於此，忠實呈現當時的創作。以「誓約」為題，莊嚴的、澎湃的年輕軍官、詩人的心，嚮往著戰爭，嚮往著一場捍衛家國的壯烈之死。

不否認這首詩，的確受到瘂弦、鄭愁予等前輩詩人，關於戰爭的詩之影響，但寫此詩時，我是虔誠的，無悔走過那一段生命的旅程。處於今日開放、多元、民主的台灣，唯盼讀者們勿用現今的政治立場，來嘲諷這首詩。

五十三歲的我如此認為，不因今日之我而欺瞞年輕之我。唯有忠實誠懇地呈現過去，才能前瞻未來。

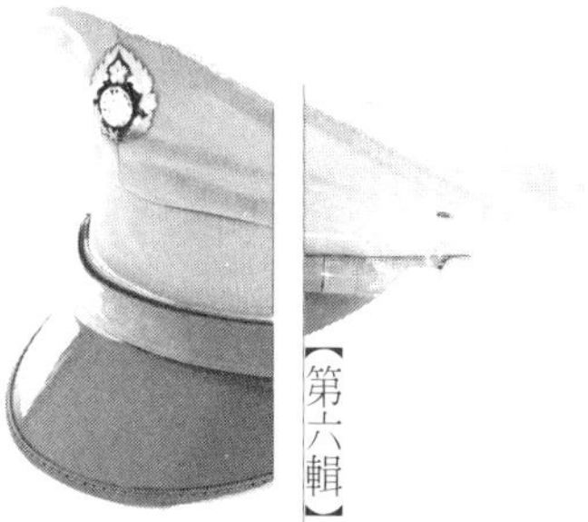

【第六輯】

關於春日種種

關於春日種種

——紀念我的雙親

清晨
昨夜露珠
在枯褐顏色的枝椏
忍不住
玉，柔嫩肌膚上的
感覺
有一種溫柔
譁然奔湧
自楊桃樹根深處
拔地而起，無聲

昂嘯
微明微亮晨光裡
迅速占領枯褐
滲透，這身手靈敏
間諜，青澀新鮮
綠色，血般的
流動
不戴面紗的新娘
步履款款
除了展露伊青色的薄衫
居然了無羞意
開始舞動
飛旋
帶來一陣暈眩

然後記憶被玩弄

所謂冬天
以及死滅的灰色
果眞於昨夜倉皇而去
楊桃樹，這株站守
在邵家院落
寂寞或者繁華的
果樹，負起傳遞
吹響號音
大地與春天這婆娘
女間諜結婚進行曲
蜜蜂又開始起鬨了

這偌大院落
窩藏了這麼多善良
的暴民
地上，微濕

有些許苔意
誰都知道
或者不知道
青苔是他們踐踏的痕跡
這些已無關緊要
而簷角那翻飛向天空
天空，先是紫色
後來，湛藍、玫瑰紅
透明的黃金，閃映
簷角稍有些斑駁的赭紅
於是泛起暖意

如同邵誠老先生嘴上
的長壽菸，豔紅的火星
他呷酒般地深呼吸，慢慢吐出
青渺煙霧

在十燭光燈泡周遭飄浮
他回頭看了看
倚臥一側的女人
那囉唆一輩子
學國語又怕
孫子們笑的老婆子
伊的臉
無怨，貼在枕上
得快起身
否則，伊又要早起的雀鳥般
叫起來
甚至上起課
說一冥一日
菸不離口
像吸煤球
又會背誦一段

電視上有關防癌
抽菸致癌的文字

合門時，故意出聲
伊未被吵醒
自己卻死命地咳起
轟轟烈烈地咳
邵老先生快步
邊走邊咳
把自己隱身在屋院一隅
楊桃樹邊
無痰
伊娘！
不小心碰觸到樹幹
一簾露珠
落了他一頭一臉

抬頭
六十七歲的邵誠先生
微張著嘴巴

怎麼枝頭綻開
綻開一截
一截一截米粒大小的碧綠
玉般溫柔底色澤
轉頭
那邊仍是千粒的綠玉
彷彿，紛飛
無盡啊
他想叫出聲
卻又禁住
怕吵醒小孫子的祖父
的表情

一枝一枝逡巡
他嚴肅而歡喜
他想脫掉身上
沉厚的毛織衣衫

楊桃樹左前方
那一叢毛竹
萎頓的青色
也病癒，霍然
一群痲雀，飛過
從簷角成剪字
排開
向天空
吱喳
回到屋裡
那邵李玉女士

居然還懶睡著
都六十六歲的老女人
莫非，還有春夢
老先生躡足到床沿
趴伏至被氈
用被尼古丁熏黃的手指
輕輕捏住女子的鼻梁
塌扁的鼻子歙了歙
河東獅，悶聲一吼
老先生朗聲
哈哈大笑
神經哪
女人掀被下床
說老娘一冥無睏
紡織娘吵得凶
這些藏身屋梁、瓦隙

的蟲子該捉來
炒一盤予汝下酒
嘻嘻
李玉女士淺笑

兩老夫妻開始
一日工作
先開啓所有的門
ㄇ字形的屋子
計七房一廳
六子一女皆已離家
如羽翼豐足各自飛去的鳥雀
在各城各鎮各鄉築巢
六房媳婦二十一個孫子
該是熱烈滾滾
卻岑寂如是

連春天都無法
喧鬧，無法
痛快地吵一回

且說
倆老灑掃庭院
讓日光游移入內
水漾潑滲進來
連天連地
空氣裡
畢剝，爆裂
的聲音此起彼落
連充滿菸草濁味
邵老先生的肺葉
都舒活地伸展了
女人餵雞的呼叫

呼……喀喀喀喀
引來散聚在院落
相互撲打的大雞、小雞
眞是熱鬧滾滾啊

邵誠先生討厭進入雞棚
那味道會令他咳個不停
但他喜歡看
雞群爭食的你推我擠
牠啄伊呑
邵誠老先生尤其愛笑
李玉女士清亮的呼叫
他說
汝前世人是鳥仔
伊說
我若是雞母

汝亦是雞公
說說笑笑
風情萬種
兒孫遠去的日子
寂寞裡的情趣
像保溫杯裡的香茗
喝著喝著竟也養成習慣

邵誠常自許爲固執老人
他封閉兩人有關
年歲以及身軀病苦
種種難堪的狀況
不讓兒孫得到情報
凡褒忠鄉親朋
皆熱心地要把老人
的生活以及其他

藉北上之便去告知
邵家的兒媳
老大在新莊做冷熱生意
老二在中和販賣水果
老三在泰山收購舊貨
老四在六張犁開照相館
老五在中壢當上尉連長
老六在木柵也開照相館
六兄弟皆有妻、子
皆購屋定居
卻都不在褒忠鄉

邵家兒媳可是風光哪
而光陰把故鄉印象
拉長、扭曲、模糊了
邵誠以及他的妻子

經常提著行李
到北部遊覽
兒子們的樓厝
有時，也幫幫忙
沒人問起老屋
院落裡那株楊桃
它也不管，只兀自
在季節遭遞中
凋落、抽芽、發枝、開花、吐蕊
以及結束
讓年老或年少的鄉人
採擷，或者任由風雨
特攻隊，襲擊
掉下滿地青黃碩大的楊桃
全鄉有名的楊桃
有時倆老會痛惜

果子紛落

這一天，關於春日
這美麗女間諜
挾絕色曼妙姿影
首先走過
楊桃樹梢
留下香氣，在陽光裡
散播
消息
老先生僞裝，若無其事
他看著玉仔，他的曾是新娘
現在是老婆，人家喊阿巴桑
兒子們在小的時候喊伊
阿娘，現在喊阿嬤，阿嬤啊

女人餵雞仔
像在哄一群細漢囝仔
他偷偷瞄伊
一邊又抽起長壽菸
讓煙霧在陽光中淡去
這女人大腦有幾根筋
他最清楚，她常常這麼糊塗
譬如淘米下電鍋，忘了插頭
譬如手上拿著掃帚，嘴上又在找掃帚
甚至他敢打一塊錢的賭
直到楊桃樹結出果實
不遠處國民小學的孩子們
洞燭機先，採擷
搖動楊桃樹時
那時，伊才會氣急敗壞
說誰叫春天這麼快來到

誰又叫楊桃樹這般繁華
夭壽郎也不告知一聲
這時，伊才會
不情願地脫下冬天的厚衫

而在伊身上展示
的衣裳都是兒媳們
孝意的表示
儘管有的是從地攤上
買的便宜貨，老人
總要像人家誇示
阮囝兒媳婦有孝啊
邵誠笑伊老花老枝
亂顫亂開花
寧願穿著流汗淌汁
也要走遍全褒忠鄉

告知鄉親
這衣那衫
是子媳從國外帶回來的
伊的眼神
肯定的喜悅
教人欣羨

邵誠老先生敢打賭
這回，伊亦如是
忘記春日種種
因爲，伊只記
全家大小生辰
因爲，伊只記
祖先、神明
的生辰祭日
因爲，伊只記

那一窩雞
吃了多少飼料
重了幾斤
何日可帶上北部
分配給兒媳們

伊的煩惱
誰人能解
伊愁田裡的花生
結實太小
伊愁園裡甘藍菜
被蟲子吃了蛀了
伊日日盤算
子媳返來的可能
像軍隊裡的作戰官
情報官，想定狀況

蒐集資料
今日曬被，明午刷地
縱使兒媳們失約
伊亦已如喝香茗
喝著喝著習慣了
如同楊桃樹
習慣於季節的遭遞
從冬到春日到仲春

又是仲春
眼看一束柔紅小花
招來更多蜜蜂
眼看滿枝滿椏
垂著、吊著、斜著
纍纍串串的楊桃
在仲春陽光裡

閃著玉般的綠
葉蔭叢叢
採擷的鄉親
最最歡迎大方的邵誠老先生
此株楊桃甘美極了
所有的讚美
都讓老先生微笑

他夢都沒夢過
兒子阿南的心裡
會透露想吃楊桃的心思
想吃楊桃
兒子說要回來
籬笆又掛著、攤著
毛氈、枕巾
在微風中

搖著
楊桃樹枝椏搖著
邵誠緩緩吸著菸
慢慢地將煙霧吐出
仰臉
望著
門外的道路
以及天空
自穹頂灑下的日頭
格外烈熱
兒媳冒著這款天候
攜著幼兒返鄉
邵誠不禁替兒子發愁
都市媳婦嬌養慣了
怎忍得這時節遙迢路程
兒子排行在末尾

忍氣吞聲慣了

門外
忽忽一陣急促喇叭聲
老婆子三步兩腳趕了出去
正是兒子、媳婦、孫子們
老先生看車內尚有客人
不敢怠慢，忙迎入廳裡
一行人連呼著熱啊熱啊
兒子眼裡幾許落漠
媳婦倒是熱切
客人臉上雕著笑

孫子們圍住祖母
小鳥般偎依
訴說

城裡賣楊桃汁的「黑面蔡」販攤
爸說那是糖精摻水怎麼能入口
媽說你前生是賣楊桃汁的不然
怎麼知道這麼清楚
然後兩人吵起來
眼睛瞪得大大的
阿嬤笑了笑，說
憨囝仔你們怎知
大人的大事啊

廳堂裡
忽然傳來阿公的吼罵聲
豈有此理、豈有此理
那位同車來的叔叔
連陪不是
阿公把一張精緻

的燙金名片，宛如
擲紙飛機般，丟出
去
那人悻悻離去
兒媳倆面壁垂首站立
邵誠老先生兀自呼呼吸菸
李玉女士拾起階前的名片
只覺得紙面柔滑、光麗
孫子說，張叔叔是董事長
嘢！在台北起很高很高幾乎可以摸到天頂的大樓
做丈夫的罵妻子財迷心竅
炒房地產炒到老家
好啦！炒吧！
女子嚶嚶哭泣
做公婆的不出聲
而暗微的暮色

嘩啦一張巨網
無聲籠住海一般的大地

微風，向晚
李玉女士當然知道兒媳
過了今夜，明日
便會搭車回他們台北的樓厝
這時，春雨以及夜色
悄然掩至
阿南獨步，在濡濕的庭院
生氣的妻子，在屋裡嚶嚶
哭泣；兩個小子守住電視
他燃起一枝菸
隨興踢去鞋子，赤腳
走在柔軟、冰涼的地上
驀然，他看到一抹

燈色，曖味閃映過簷角
阿南，以搜索兵的姿勢
接近院落
誰人趁夜色
來採擷吾家楊桃
細瑣的談話，夾在碎碎的雨聲裡
他隱藏在井垣，猜測必是鄰人
聲音，竟是雙親，在爭執事情
娘責怪阿爸，不該讓媳婦難堪
阿爸說，也不想想，咱褒忠鄉
總是一大片坦蕩的田野
倘使一幢什麼大樓轟然矗立
那是多麼突兀啊
母親笑說汝何時也這般憨頭
阿南聽著，彷彿看見

一幢觀光大樓在褒忠的田畝中矗立，然後被夜雨溶化
他看到楊桃樹上，人影
母親身手一向俐落
伊邊數落著阿爸不是
一邊揚聲，接好啊——
阿爸手持手電筒，謹愼
接收一粒一粒楊桃
他聽到母親說，這株楊桃樹
阿南自小吃到大，他還記得嗎
咱厝困難彼時，賣楊桃汁時光
六兄弟輪流守攤，哎呀……
阿爸說汝眞是樹上的鳥仔
怎麼吱喳不停
快挽大的、圓碩的果子
好讓伊們明日，帶回台北
也免再去飲糖精水

寫於一九八一年秋，未發表

小記：

這是我的短篇小說〈楊桃樹〉的「小說詩」，情節雷同。寫這首詩是在〈楊桃樹〉獲一九八一年聯合報小說獎之後。這篇小說被許多評論家青睞，除了被收入國內十一種文學、小說選集外，並翻譯成多國文字，後來這篇小說收入國中國文課本，成為繼小說家黃春明的〈魚〉之後第二篇課本上的鄉土小說，不免也讓我有了些許小說家的虛榮。

重讀這首詩，昔時家園的楊桃樹在我的夢土上清晰呈現。

INK PUBLISHING
印刻
深耕文學與生活
劃撥帳號：19000691　成陽出版股份有限公司　掛號另加20元
本書目所列定價如與版權頁有異，以各書版權頁定價為準

文學叢書

1.	吹薩克斯風的革命者	楊　照著	260元
2.	魔術時刻	蘇偉貞著	220元
3.	尋找上海	王安憶著	220元
4.	蟬	林懷民著	220元
5.	鳥人一族	張國立著	200元
6.	蘑菇七種	張　煒著	240元
7.	鞍與筆的影子	張承志著	280元
8.	悠悠家園	韓・黃晳暎著／陳寧寧譯	450元
9.	想我眷村的兄弟們	朱天心著	220元
10.	古都	朱天心著	240元
11.	藤纏樹	藍博洲著	460元
12.	龔鵬程四十自述	龔鵬程著	300元
13.	魚和牠的自行車	陳丹燕著	220元
14.	椿哥	平　路著	150元
15.	何日君再來	平　路著	240元
16.	唐諾推理小說導讀選 I	唐　諾著	240元
17.	唐諾推理小說導讀選II	唐　諾著	260元
18.	我的N種生活	葛紅兵著	240元
19.	普世戀歌	宋澤萊著	260元
20.	紐約眼	劉大任著	260元
21.	小說家的13堂課	王安憶著	280元
22.	憂鬱的田園	曹文軒著	200元
23.	王考	童偉格著	200元
24.	藍眼睛	林文義著	280元

25.	遠河遠山	張　煒著	200元
26.	迷蝶	廖咸浩著	260元
27.	美麗新世紀	廖咸浩著	220元
28.	台灣原住民族漢語文學選集——詩歌卷	孫大川主編	220元
29.	台灣原住民族漢語文學選集——散文卷(上)	孫大川主編	200元
30.	台灣原住民族漢語文學選集——散文卷(下)	孫大川主編	200元
31.	台灣原住民族漢語文學選集——小說卷(上)	孫大川主編	300元
32.	台灣原住民族漢語文學選集——小說卷(下)	孫大川主編	300元
33.	台灣原住民族漢語文學選集——評論卷(上)	孫大川主編	300元
34.	台灣原住民族漢語文學選集——評論卷(下)	孫大川主編	300元
35.	長袍春秋——李敖的文字世界	曾遊娜、吳創合著	280元
36.	天機	履　彊著	220元
37.	究極無賴	成英姝著	200元
38.	遠方	駱以軍著	290元
39.	學飛的盟盟	朱天心著	240元
40.	加羅林魚木花開	沈花末著	200元
41.	最後文告	郭　箏著	180元
42.	好個翹課天	郭　箏著	200元
43.	空望	劉大任著	260元
44.	醜行或浪漫	張　煒著	300元
45.	出走	施逢雨著	400元
46.	夜夜夜麻一二	紀蔚然著	180元
47.	桃之夭夭	王安憶著	200元
48.	蒙面叢林	吳音寧、馬訶士著	280元
49.	甕中人	伊格言著	230元
50.	橋上的孩子	陳　雪著	200元
51.	獵人們	朱天心著	即將出版
52.	異議分子	龔鵬程著	380元
53.	布衣生活	劉靜娟著	230元
54.	玫瑰阿修羅	林俊穎著	200元
55.	一人漂流	阮慶岳著	220元
56.	彼岸	王孝廉著	230元

57.	一個青年小說家的誕生	藍博洲著	200元
58	浮生閒情	韓良露著	220元
59.	可臨視堡的風鈴	夏　菁著	280元
60.	比我老的老頭	黃永玉著	280元
61.	海風野火花	楊佳嫻著	230元
62.	家住聖・安哈塔村	丘彥明著	240元
63.	海神家族	陳玉慧著	320元
64.	慢船去中國——范妮	陳丹燕著	300元
65.	慢船去中國——簡妮	陳丹燕著	240元
66.	江山有待	履　彊著	240元
67.	海枯石	李　黎著	240元
68.	我們	駱以軍著	280元
69.	降生十二星座	駱以軍著	180元
70.	嬉戲	紀蔚然著	200元
71.	好久不見——家庭三部曲	紀蔚然著	280元
72.	無傷時代	童偉格著	260元
73.	冬之物語	劉大任著	240元
74.	紅色客家庄	藍博洲著	220元
75.	擦身而過	莫　非著	180元
76.	蝴蝶	陳　雪著	200元
77.	夢中情人	羅智成著	200元
78.	稍縱即逝的印象	王聰威著	240元
79.	時間歸零	林文義著	240元
80.	香港的白流蘇	于　青著	200元
81.	少年軍人的戀情	履　彊著	200元
82.	閱讀的故事	唐　諾著	350元
83.	不死的流亡者	鄭　義主編	450元
84.	荒島遺事	鄭鴻生著	260元
85.	陳春天	陳　雪著	280元

INK PUBLISHING
文學叢書 081

少年軍人的戀情

作　　者　履　彊
總 編 輯　初安民
責任編輯　高慧瑩
美術編輯　許秋山
校　　對　高慧瑩　履　彊

發 行 人　張書銘
出　　版　INK印刻出版有限公司
台北縣中和市中正路800號13樓之3
電話：02-22281626
傳真：02-22281598
e-mail:ink.book@msa.hinet.net
法律顧問　漢全國際法律事務所
林春金律師

總 經 銷　成陽出版股份有限公司
訂購電話：03-3589000
訂購傳真：03-3581688
http://www.sudu.cc
郵政劃撥　19000691 成陽出版股份有限公司
印　　刷　海王印刷事業股份有限公司

出版日期　2005年 3 月 初版
ISBN 986-7420-50-0
定價　200元

Copyright © 2005 by Lu Chiang
Published by **INK** Publishing Co., Ltd.
All Rights Reserved
Printed in Taiwan

國家圖書館出版品預行編目資料

少年軍人的戀情／履彊 著.－－初版,
－－臺北縣中和市：INK印刻,
2005〔民94〕面；　公分（文學叢書；81）

ISBN 986-7420-50-0（平裝）

851.486　　94000941

版權所有・翻印必究
本書如有破損、缺頁或裝訂錯誤，請寄回本社更換

INK INK INK INK INK INK
INK INK INK INK INK INK INK
INK INK INK INK INK INK
INK INK INK INK INK INK INK
INK INK INK INK INK INK
INK INK INK INK INK INK INK
INK INK INK INK INK INK
INK INK INK INK INK INK INK
INK INK INK INK INK INK
INK INK INK INK INK INK INK
INK INK INK INK INK INK
INK INK INK INK INK INK INK
INK INK INK INK INK INK
INK INK INK INK INK INK INK
INK INK INK INK INK INK
INK INK INK INK INK INK INK
INK INK INK INK INK INK
INK INK INK INK INK INK INK
INK INK INK INK INK INK
INK INK INK INK INK INK INK
INK INK INK INK INK INK
INK INK INK INK INK INK INK
INK INK INK INK INK INK
INK INK INK INK INK INK INK
INK INK INK INK INK INK
INK INK INK INK INK INK INK
INK INK INK INK INK INK

INK

NK INK INK INK INK INK INK I
K INK INK INK INK INK INK INK
NK INK INK INK INK INK INK I
K INK INK INK INK INK INK INK
NK INK INK INK INK INK INK I
K INK INK INK INK INK INK INK
NK INK INK INK INK INK INK I
K INK INK INK INK INK INK INK
NK INK INK INK INK INK INK I
K INK INK INK INK INK INK INK
NK INK INK INK INK INK INK I
K INK INK INK INK INK INK INK
NK INK INK INK INK INK INK I
K INK INK INK INK INK INK INK
NK INK INK INK INK INK INK I
K INK INK INK INK INK INK INK
NK INK INK INK INK INK INK I
K INK INK INK INK INK INK INK
NK INK INK INK INK INK INK I
K INK INK INK INK INK INK INK
NK INK INK INK INK INK INK I
K INK INK INK INK INK INK INK
NK INK INK INK INK INK INK I
K INK INK INK INK INK INK INK
NK INK INK INK INK INK INK I
K INK INK INK INK INK INK INK
NK INK INK INK INK INK INK I